福島泰樹
Yasuki Fukushima

下谷風煙録

皓星社

下谷風煙録＊目次

下谷風煙録　四

下谷風煙録　五

装幀　間村俊一

自序

処女歌集『バリケード・一九六六年二月』から数えて三十冊目の歌集を『下谷風煙録』と名付けた。

まなこ瞑ればいまし帝都の上空を飛行船ゆく涙拭いき

「下谷《したや》」は、「浅草」「本所」「深川」とならび、江戸東京市内の下町の、広域の地区名をあらわす冠称である。たとえば下谷黒門町、下谷上野広小路町、下谷谷中町、下谷万年町、下谷龍泉寺町といった具合に、下谷を冠称とする町名は上野公園地をふくむ七十町を数える。

遷都により「江戸」が東京と改称されたのは、慶応四（一八六八）年七月。下谷はその後、明治十一（一八七八）年になって「郡區町村編制法」により東京府十五區に編入され「下谷區」

として発足した。以後、大日本帝国憲法が発布された明治二十二（一八八九）年四月、「市制町村制」が施行され東京市が発足。東京市十五區（麹町區・神田區・日本橋區・京橋區・芝區・麻布區・赤坂區・四谷區・牛込區・小石川區・本郷區・下谷區・浅草區・本所區・深川區）に編入された。

東京市発足以来五十四年、大正、昭和と時は移り、戦時体制下の昭和十八（一九四三）年七月、都制が施行され「下谷區」は東京都に編入された。

私はこの年、都政施行前の三月に、下谷區下谷一丁目の病院で生まれている。したがって私は、最後の東京市民としてこの世に生を受けたことになる。

旧東京市民にあれば潔癖の窮屈きわまりなき美意識の

長じて、そんな私の個人史を殊更に羨む人々と出会うようになる。大正十一年、府下田端（北豊島郡滝野川町）に生まれた中井英夫。昭和二年、府下日暮里町（北豊島郡）に生まれた吉村昭。昭和四年、府下和田堀町（豊多摩郡）で生まれ、幼児期を日暮里で過ごした小沢昭一。中井さんは終生田端を愛し、吉村さんは日暮里に熱い追懐の思いを寄せ続けた。共に、東京人の矜持と潔癖なまでの美意識の持主であった。「福島さんは御府内（東京市）、わたしゃ小さな用水（音無川）一本へだてただけで東京府下ですよ……」。根岸（下谷區）の景勝「御行の松」を遊び場としていた小沢さんの弁である。

焼跡に草は茂りて鉄カブト　雨水に煙る青き世の涯《はて》

「下谷區」はその後、昭和二十二（一九四七）年三月、都区整理統合により「浅草區」と合併、「台東区」が誕生する。「台」は上野台の台、「東」は隅田川へ向かい東につらなる低地（下町）の意。明治十一年、東京府「郡區町村編制法」発足にさかのぼる下谷區は、六十九年の歴史に幕を下ろすこととなるのである。

さて、私の父は、明治四十三（一九一〇）年八月、東京市下谷區入谷町一一一番地に生まれた。大逆事件の年である。わが「極私的文学史」によれば、この月、石川啄木は「時代閉塞の現状」を書き上げ、事件への関心をさらにふかめてゆく。東雲堂から新雑誌編集の依頼を受けた若山牧水は、三月「創作」を創刊。三号には啄木に短歌を依頼、その縁で啄木は大逆事件を正面から見据えた短歌作品「九月の夜の不平」三十四首を八号に発表する。牧水『別離』に次いで啄木歌集『一握の砂』が東雲堂から刊行されたのもこの年のことであった。

その角を曲がれば夜霧に咽び泣く金竜館の灯《ともしび》いずこ

大正十二年九月一日、中学校の始業式とあってこの日、父は級友を誘って早めに帰宅した。浅草凌雲閣登楼のためである。鞄を投げ家を出ようとすると、昼食をすましてから行けと、つよく母にたしなめられた。

凌雲閣、通称「十二階」。八角型総煉瓦造りの東洋一の高層（五十二メートル）で、開業の明治二十三年から関東大震災による崩壊までの三十三年間を、浅草の象徴・東京の一大名所として人気を博した。すんでのところで命拾いした父は、順天中学校（神田區仲猿楽町）の一年生。級友の名は、赤羽末吉。後年の絵本画家で、父の生涯の親友であった。

順天中学校で思い出すのは、大杉栄。名古屋陸軍地方幼年学校を退校の後、替え玉受験で順天中学校の五年に編入。……二十一年後の九月十六日、妻の伊藤野枝と甥の橘宗一を連れて帰宅途中、府下柏木の自宅近くから東京憲兵隊本部へ連行され虐殺。三人の遺体は本部内の古井戸に投げ棄てられた。

女らのいとけなきかな奔放に生きしは井戸に投げ棄てられき

午前十一時時五十八分、関東地方に大地震（マグニチュード七・九）が襲来。各所で火災発生、死者行方不明者は十数万に及んだ。人家密集する東京下町の惨状、わけても本所被服廠跡地では、実に三万二千人もの人々が折り重なって焼死した。

被服廠跡地から吾妻橋に逃れた人々は橋と共に焼け死に、隅田川では数千人もの人々が溺れ死んだ。川面を激しく火が走ったのである。さて、吾妻橋の袂、雷門にほどちかい浅草区花川戸で生まれた母は、この時六歳。逃げ惑う群衆の中、家族とはぐれてしまったのだ。母が家族と再会したのは、五十万人もの罹災者でごったがえす上野の山でのことであった。迷子になってから一週間が経過していた。この間、水や食料を分け与え、添い寝し、一緒になって父母を探してくれた人がいた。下町の人々の温情が心に沁みる。

以後、浅草尋常小学校から府立第一高等女学校に進み、昭和十六年十二月日米開戦の翌一月、父と結婚。十八年三月に私を生み、十九年三月、私を生んだ同じベッドで死んでいった。大原病院は省線「上野」「御徒町」間のガード沿いの繁華な場所にあり、向かい側には日がな一日電車が行交っていた。母は、省線が擦れ違う音を聴きながら私を生み、省線の通過してゆく音を聴きながら死んでいった。二十六歳であった。

長じて私が、「二日酔いの無念きわまるぼくのためもっと電車よ　まじめに走れ」や、「ここよりは先へゆけないぼくのため左折してゆけ省線電車」などをなしたのは、そのためであるのかもしれない。

戦時、最後の東京市民として下谷區下谷一丁目で生まれ、大学卒業の二十三歳までを下谷の寺に在り、修業時代の三年間を関西と東京を往き来し、以後七年間を愛鷹山麓の小村柳沢で過ごし、昭和五十二（一九七七）年六月、下谷に舞い戻った。以後、四十年を生まれ故郷の下谷に居住。なにもなければ何年後かには此処下谷で死に、墓は畏友立松和平の墓の隣りに建てられることであろう。

ながながと「下谷」への思いを誌してきた。ならば「風煙録」の「風煙」の意はいかに……。風煙とは自身の亡骸を焼く煙の謂である。

慶応三年生まれの祖父も、明治十五年生まれの祖母も、明治四十三年生まれの父も、大正六年生まれの母も、大正四年生まれの継母も皆、下谷で死んでいった。この間、日清戦争、日露戦争、大逆事件、関東大震災、大東亜戦争、東京大空襲と時代の風は吹き荒れ、戦後七十二年の夏が過ぎ去っていった。

この俺の在所を問わば御徒町のガードに灯る赤い灯である

付記　東京市発足（明治二十二年四月）から都区整理統合（昭和二十二年三月）までの区名は、旧字（「區」）とした。

下谷風煙録　壱

母の歌

追憶は雲とやなりてなやましく漂う霧の彼方よりくる

I

昭和十九年三月、母道江死去二十六歳

あかあかとガードは燃えて沈みゆく夕陽よ　省線電車はゆけり

御徒町のガードの上をゆく雲の　大原病院跡形もなく

御徒町大原病院ぼくを生んだ同じベッドで母ゆきたまう

ガード沿いの夕陽さしこむ病室の　省線の音を聴きつつ果てし

昭和十九年三月　ぼくは祖母に抱かれ遺骸の母を見ていたのだろう

御徒町のガードの上をゆく雲の　リヤカーあわれ柩車来たらず

リヤカーに載せられてゆく蹤《つ》いてゆく未婚の叔母に抱かれてぼくも

いないいないいないばあのその先、三河島火葬場貧しく桜は咲けり

母は、東京大空襲を知らない

昭和十九年八月四日上野駅集団疎開児童兒が手を振る

プラットホームに佇んでいた泣いていた遺骨を抱いて影ながき人

奄美大島沖に漂う払暁の　海軍兵曹叔父の骸《むくろ》は
泥すこし掘れば焼跡　防毒マスクのゴムに絡まり泣いている骨

幼年の目が俯瞰する風景は地平線まで廃墟であった

浅草六區を迷子になりてさまよいしこの世に涯《はて》のあるを知りにき

死んでいるはずの母さん浅草の瓢箪池の水をみていた

常盤座の奈落の底に渦巻きて揉まれ流れてゆきたる花か

母さんと手をつないで眺めてた真白く揺れる池に浮く花

浅草公園水面《みなも》にゆれる楊柳の天然色幻燈機もてわが母映せ

目をつむればみなもに浮かび漂える夕日のなかの赤いサンダル

II

三月の桜　四月の水仙と歌いしからに母帰り来ず

ふかぶかと夢をみていた生まれ来て死にゆくまでのあいうえをせよ

身は汚穢を宿し生まれてきしならず母の声する　厨かぜ吹く

羊水と湯灌のみずのやわらかく蕩けるように死はやってこよ

朝に泣き昼にまた哭き夜を啼く　どうしようもない俺の鶯

裏切ってきた真心のそのゆえに鴉カと啼き　俺はクと泣く

母は浅草區花川戸一丁目に生まれた

大正六年五月五日や空蒼く飛行船ゆく　母生れたまう

浅草の凌雲閣の尖塔の旗を仰いで五歳の母は

一斉に夕日を浴びて燦めける赤い煉瓦の硝子の窓は

大正十二年九月一日午前十一時五十八分

浅草尋常小学校より帰り来て卓袱台に菜はこびてありき

路上電車も台車を残すのみとなり鉄路くびれてその先見えず

火の川の流れてゆくを六歳の目が追っていた父母にはぐれて

大川の水は湯となり　鳶口の鈍くひかりて人のからだを
水は啜り泣いてはいない一切を呑み込み流れ虚無となりゆく

積みあげられ崩れて燃える残り火の本所被服廠跡地に黒く降りしきる雨

リヤカーに積み重なって呻く人　血を滴らせ運ばれゆきぬ

震災のほのおのような落日に黒く聳えて煙突は立つ

蓆の上に正座している子供らに陽はのんびりとのんびりと降る

Ⅲ

桃割の鬢《びん》は煙りて流れゆく大川　ポンポン蒸気はゆけり

金竜館の角を曲がって帰らざる濛々として霧は渦巻く
電線に引っかかってた黒い布、弔旗となりて春来《きた》るべし

鶏頭の歌

下顎が風に吹かれて泣いていた永六輔や　鶏頭の花

I

永さんとビギンを踊った……夢

永さんと会いしは渋谷ジァン・ジァンの暗闇に居て励ましくれし

永六輔ラジオ番組「乙女探検隊が行く」に出演下谷を歩く
褒められてその気になって叫んでた水原弘もその一人なる

黒い花びら黒い落葉も散り果ててその黄昏のビギン踊らば

歌手デビューの機会をつくってくれたこと断ったこと不遜な俺か

二〇一六年七月七日、永六輔死去

浅草ッ子その天然の早口の爪先だって走りゆきにき

くさむらに一脚の椅子　白い椅子　もうもどらない戻らないでいい

Ⅱ

九月十七日、講演のため大杉栄が幼年期を過ごした新発田へ向かう

胸に滲む血は美しきゆえ銃殺を希むと告げて若き面あぐ

上越新幹線「燕三条」、横山千鶴子を思うこと頻り

不忍池池畔鰻屋「伊豆栄」の角を曲がって帰らざりけり

三歳のわれに聞かせし天津の乳母の歌へる旋律忘れず　千鶴子

旧満州天津で生まれ貰われてゆきにきリラの花冷えの夜を

血の匂いを滲ませていた泣いていた乳母の乳首を嚙みしこの口

引揚げてきたは真鶴、その先は「千鶴子」と名付けた人に聞くべし

満州から佐渡へ引揚げ引く波の　磯に砕かれ流れゆきにき

山茶花の季はかなしき母の骨を噛めばかすかに血のにほひせり　千鶴子

母を葬り遺骨を少し瓶にいれ佐渡の港を発ちて幾夜さ

養母ゆえに生母のことは聞かずこし狭霧の道の先に咲く花

山茶花の若木の下に埋《うず》めしは冬から春へ血を零すため

薬の瓶に容れて埋めた母の骨　血の滴りのような山茶花

見たこともなければ生母は美しく今も林檎の花影にゐる　千鶴子

林檎の花かげにつどい頭《づ》をさげ揺れている魂魄ならば母かもしれぬ

誰から生まれてきたなど聴くな木の股の　リンゴの花の咲くゆうまぐれ

生みの父、母さえ知らずシベリアの養父の名さえ聞き損じたり

母の愛胸刺すごとく残りたる秋の彼岸の鶏頭暗き　千鶴子

項垂れて便所の蔭に咲いていた錆色の花、母かも知れぬ

母の骨は血の匂いをかすかながら漂わせていた鶏頭の花

電話線に枝先すこし触れてをりさびしがりやの朴の木ならむ　千鶴子

電話線にふれて震える朴の木に耳あてて聴く母の潮騒

両の手を頭の上にくむはなぜあかい夕日となっているのさ

Ⅲ

新潟から羽越本線に乗り換え、新発田に向かう

奥羽越列藩同盟いまもなお「非理」を問いたる戦にやある

新発田藩脱落寝返りせしことは語らず講演会に臨みき

橘宗一いまだ六歳　憲兵隊本部の庭に絶えし蜩《ひぐらし》

古井戸に投げ捨てられた宗一の小さな首よあわれな首よ

下谷風煙録　弐

春風駘蕩の歌

歳月の彼方にいまも燃えている曼珠沙華よりあかく切なく

I

早大学費学館闘争から五十年

海嘯のように押し寄せじわじわと溢れ雫し消えてゆきにき

ファインダーを逆さに見れば笛を噛み俯いている蓬髪、俺か

樽見、君に似た男いて濛々と霧立ち籠める弥生三月

ヘルメットの隊列過ぎてゆきしことなど西日射す食堂に座し

とびっきりの別嬪だった国文の千賀ゆう子よ　夜の向日葵

眼底にいまも残れる貼紙の　ベトコン少年兵公開処刑

三木清獄死し七十一年の　朝降る雪の牡丹となりぬ

その日からきみみあたらぬ仏文の　二月の花といえヒヤシンス

こみどりの冬のコートよ渋谷駅ホームに佇ちているヒヤシンス

ベージュのベレーにつつんだ髪の　エドワード・ムンクマドンナ憧れ熄まず

七分咲きの桜花霞んで揺れていたデモ指揮をする俺の瞼に

わが夢のあおく途切れてゆかんかな旗焼くけむり空に消えゆく

II

辛い別れもあった

三月の朝に降る雪　花のように唇にふれ溶けてゆきにき

ひどいよーと泣く声聴こゆ夕まぐれ酒飲みしかど散じてゆかず

痺れるように溺れるように書いてやる幾夜の闇のつややかなるよ

淡紅色の椿の花が零れてたあわれ記憶の一齣なるを
庭土の上を真っ赤に染めあげて四月の雨に洗われておる

間八梶木烏賊鯛鮪甘海老や芽物色々春はゆくべし

酔っ払い何も覚えておらざれば幾夜の春のつややかならず

シュミーズという語感かなしも瀬を濡らすむかし若鮎の女友達

はくらいの顔をして立っていた姉さん五月の花をあげよう

佇んでうつむき消えてゆきにしか女郎花てう花は愛さず

Ⅲ

浅草バーが忘れられない

早稲田通り戸塚に灯る提灯の　浅草バーに肩寄せ合いし

銚子三十円蒲鉾十円　百円で三合飲みし破れ暖簾よ

破れ障子から腕を突き出し通行の　大平茂樹を連れ込みしかど

寛永寺坂ダンス教室嗚呼我等内部革命論序説破産ス

土砂降りの雨の路地裏　塵箱《ごみばこ》に打ち捨てられて三太郎日記は

統一総括卒業式や君の背やフランスデモに桜花吹雪かず

人間はどんな時にでも飯をくわなければならぬ　（「日本の悪霊」）
じくじくと胃の痛むとき洗っても落ぬ血糊の　高橋和巳よ

『邪宗門』連載「朝日ジャーナル」のバックナンバー君卒業す

悲しみの連帯なれば旗なれば寂しき微笑の人を忘れず

讃岐豊浜に大平茂樹を訪ねて五十年……

初めてを雲風山を訪いしは疾風怒濤　砦なす候《ころ》

観音寺有明浜や桃の花　いやおうもなく闌けてゆく春

別盃の歌

受け皿に零れた酒のありがたく五月の風が吹き荒れていた

I

安保闘争の敗北感の漂うをデモ隊はゆく旗立ててゆく

一九六六年四月、早大文学部西洋哲学科に入学

ピケを張る学生糾弾して叫ぶそのワイシャツの右手突き上げ

藤村操「巌頭之感」を目を瞑り朗読せしは七原秀夫

中に紅顔。六甲学院出身十八歳、「白薔薇」に誘う

新品の角帽あわれ金釦　初めて会いき飯田義一に

六甲の風吹き荒ぶ　少年に酒を飲ませしアブサンを俺は

度数八〇その暗緑の液体をあおりき不敵な面構はや

フランス語を学びにゆくと告げたれば六甲訛りの制裁を受く

アブサンがいけなかったのだ忽ちに学究の夢　霧散し果てる

II

早稲田短歌会に俺を誘ったのは飯田だった

あれは信州白樺湖畔バンガロー　瞬く星を泣いて仰ぎき

大隈横町「ブラック」に二人を誘ってくれたのは、先輩佐佐木幸綱だった

ビリヤード場「ブラック」隅のカウンター飯田お前と遮二無二に飲みし

トリス瓶の肩を撫でれば手は滑りしどろもどろの真昼間の闇

神は在るや無しやと議論戦わせしが雀荘「四万露」の前で別れき

見上げれば雲一つ浮く雀荘の　上海ブルースわがうちに湧く

会えば、凄まじく飲んだ

雪の夜を諸肌脱いでたちまちに二升の酒を平らげにけり

容赦なく舞い込んでくる牡丹雪　肌《はだえ》に溶けて嬉しかりにき

ゼーレン・キルケゴール全集はやも酒に化け「あれかこれか」の夜は更けてゆく

Ⅲ

五十五年の歳月、会えば若き日の虚勢はりつつコップあおりき

医師は、一年間の生存率は二〇パーセントと宣告……

京浜急行「黄金町」駅改札に手を上げ俺を迎えてくれき

同期生大上昌昭と三人《みたり》揃い大岡河畔　盃を揚ぐ

この春は香島威彦四人《よたり》にて川面に吹雪く花を見ていた

詰襟の伊藤一彦あらわれよ野太き声の耳朶に残るも

あれからわずか半年！　筑紫の香島から花は届きぬ真っ赤な薔薇が

別れ際、すごい力で俺を抱きしめた

勘定は貴様が払い生涯の借りをつくってつくつく法師

横浜市立大学附属病院に君を見舞った

白樺湖合宿に話向けしかば「楽しかったな」と言いて笑いき

宝塚仁川の家をおとないしは合宿の帰路にてありき仔細は忘ず

「まて、何かつくる」と言いて宙に目を泳がしにけり別れ告げなば

太宰治「饗応夫人」さながらに俺をもてなしくれるというか

石和鷹四月二十二日、渡辺英綱四月二十三日

四月二十一日早暁君は逝く三人《みたり》並びてわが亡友は

冥府にも川は流れろ灯は点れ旗亭があれば俺が払うぞ

下谷風煙録　参

墓守人の歌

死はやがてあまたの生を呑みこんで蕩けるようにやってこい俺に

I

寺山修司に似た面売りがあらわれて面を燃やして出てゆきにけり

「寺山修司、その歌の秘密」（早稲田大学公開講座）開講

一寸法師の父より生まれきしならずあわれや非在の家族譚あわれ

父に似し腹話術師が操れる坊やはもしやと想うことあり

消しゴムで消えない過去のからくりの未生のわれかレコードの傷

外套の煙草の匂い黄の函の「ゲルベゾルテ」や父を偲べば

灰色のインバネス着て中折を真深く被り立ち去りにけり

II

一九七〇年十二月、『寺山修司全歌集』跋

テーブルの上に拡がる茫漠の荒野にあらばゆきて還らず

肉声の滴りまでも封じ込め三十一音牢獄の歌

生きているうちにおのれの墓を建つ『寺山修司全歌集』はも

その頃や俺は愛鷹山麓の　墓守人の日々を送れり

三島由紀夫蹶起の報を知らせくれしは立松和平いまだ学生

佇立する青年将校降る雪や磯田光一の面とかさなる

幸吉は、もうすっかり疲れ切ってしまって走れません　円谷幸吉

磯田光一「殉教の美学」に出会いしは弾丸列車夢閉ざす頃

III

「殉教の美学」美《は》しくば追憶を涙のごとく溢れせしめよ

胃に穴が開いているんですよ、と淋しく微笑した
菱川善夫と最後に盃を交わせしは「重寿司」浅草　九月朔日

小笠原賢二、雨の朝立川に死す
実人生の条理不条理、「シシュポスの神話」讃えて果ててゆきにき

バトルホーク風間は、わが拳闘の師

丼《どんぶり》に酒は溢れて零れおり風間清よ　夜の酒場に

観戦に赴く新幹線ビュッフェ

さりげなく生きてゆくとはいかなことぎんぎんぎらぎら陽は沈みゆく

立松和平と食道癌の君を見舞った

涙ながらに注《つ》ぐ盃の　そしてまたこんがらがって汲む昼の酒

諱は拳闘院日清居士

一升瓶から酒を手桶に溢《こぼ》しやる戦う鷹よ存分に酔え

石和鷹逝きて十九年

山茶花を求めてきては植えていた淋しき春の寺であったよ

石和鷹、享年六十三

君が最後に書きし『小説　暁烏敏《あけがらすはや》』といわんに陽は堕ちてゆく

立松和平逝きて七年

祈るように君は手帳を胸にあて書いていたっけ歳月は風

塒《ねぐら》を探して三日三晩飲んだくれたことがあった

「ヤスキサン何デソンナニ元気ナノ」清水昶の口癖だった

「誰に捧げん徳利ひとつ」は君の泰樹論の標題

酒飲んで飲んで蕩けて咲く花の　壜に差したる志とよ

五月の空も風も爽やかすぎて悲しくっていけない

高橋和巳寺山修司春日井建、清水昶も五月に逝けり

評論集『雨の朝、下谷に死す』、装幀は若き日の君であった

「雨の朝、下谷に死す」と誌したるを三嶋典東灯を点しけり

鍔広帽子の歌

ゆくだろう孰《いず》れ野末の荒草の　はた陋巷に野垂れ死ぬとも

I

北村太郎へ

カーテンは睫毛のように擦《こす》られて涙を流しているのであった

破れたる帆のごとくに千切れたる旗のごとくに哭かんとするに
その窓のむこうに映る人々や死はやわらかく溶けて廻れり

II

西井一夫逝きて十五年、君を思わぬ日はない

デジカメであろうとおなじことである光に向かい光を絞る

過去に目を向けない者は現在に目を閉ざすこと　西井一夫よ

写真とは外を観る「窓」うらぶれておのれ見つめる「鏡」であるよ

二十世紀は、映像によって百年間がすべてとらえられた初めての世紀……

君が遺した『20世紀写真論』「無頼派宣言」心して読む

二十世紀に写真が果したものを問え河渉りゆくベトナムの民

現在を撮るは背負ってきた過去を歴史を撮るにあらずや西井よ

のんちゃん雲に乗ってはいけない悠久の空に大義の零戦は満つ

反射した光を絞り受容する鰐淵晴子のような女も

瞼の奥に焼き付いている映像の　戦車の前に立ちし青年

ガソリンのようにおもたく漂える　戦車が去りし朝の広場を

百日紅の花の夕べや滑りこみセーフと右手さしあげしかど

木枯紋次郎を思うぞ西井、君の癖　渡世を駆けて走りゆきしか

III

正月四日、美術評論家ヨシダ・ヨシエ氏死去

歌舞伎者ヨシダ・ヨシエよ黒メガネ黒い鍔広着流していた

傾《かぶ》くとは滅びゆくこと美と思想おのれ引付け息殺すこと

友川かずき画展打揚げ狂乱の　裸踊りや闌けてゆく春

「原爆の図」を背に負いて行脚した佐幕の志士の面構して

瞬くは宵の明星　剛毅なる男であったヨシダ・ヨシエは

車椅子に凭れ淋しく笑ってた液晶《ネット》に霞む君の俤《おもかげ》

一宿一飯の恩義あるゆえ葬送の館さがしてさ迷いにけり

下谷風煙録　四

大正行進曲の歌

この俺の在所を問わば御徒町のガードに点る赤い灯である

I

「うたで描くエポック　大正行進曲」（「現代短歌」）連載始まる

濹田河畔に煙突の立つ御時世を荷風散人傘突きてゆく

「とおりぬけできます」あわれ濹東の露地に咲きたる浴衣《よくい》の花か
名はお雪、島田の髪の生え際の　浴衣の裾に吹く風ならん

雨瀟々、此処ハ寺島玉ノ井ノ紺地ニ咲ケル朝顔ノ花

午飯の箸を取らうとした時ポンと何処かで花火の音がした（永井荷風「花火」）

打ち揚げて咲かせてやったことなども官能あつき夕焼の空

さようならそして淋しく笑ってた老いゆくことのアンブレラせよ

うずくまる裸婦のかたえの暗がりの身の置きどころなき春とはなれり

ふたつみつたちきれてゆく悲しみの大手拓次や藍色の墓

Ⅱ

大正三年二月、犀星前橋に朔太郎を訪ねる

トルコ帽　気障に被った痩身の口に咥えたシガレットはや

ひとすじの弦をたぐれば水道の蛇口に零る朝の光よ

明滅の涯に消えゆく灯盞《とうさん》のあかあかとまた切なくもまた

街灯の下に佇む黒羅紗のマントの影が揺れて風吹く

その頃、北原白秋は……

美しき隣人ゆえに身は蕩け血を滴らす鶏頭の花

稔らざる二房あわれ薄桃の　乳暈あわれあわれあわれというに

官能的象徴詩などもう書かぬ放埒痛きどくだみの花

Ⅲ

大正八年六月ベルサイユ講和条約

東京市麻布市兵衛偏奇館　糊を溶かしていたる日の暮

夏の日は曇りながらに昼のままあかるい日暮となりて果敢無《はかな》し

刷毛《はけ》を提げ立っているのは疑似西洋五十余年の顔を拭くため

溝板を蹴って逃げ行くその後を佩剣《はいけん》の音の追って行きにき

朔太郎、大井町に転居

百日紅の花は咲くかな踏みにじられ虐げられて春はゆくべし

誰よりも優美にそして蹶然とニイチェの義眼嵌め込んでいた

淋しくば大井町までやって来い俺に刎頸の友一人いる

現代社会の趨勢まこと不可思議乎　ふて寝をきめていたる日の暮

追憶は白い手袋ふっていた霙に濡れたガラス窓から

洛陽の歌

夜空にはハレー彗星　地上には大逆の風吹き荒れにけり

I

府下日暮里元金杉に住まいしは「DONさま」竹久夢二ではある

明治四十三年三月、田中恭吉上京

しとしとと路地を濡らしてみずいろの金《かな》だらいの上に降る春の雨

両の手で顔を覆っている春の　疼《うず》み萌えいる気分というは

恩地孝四郎藤森静雄そしてぼく「微笑派三人」など名告りしを

II

紅いトルコ帽、版画家香山小鳥に出会う

霧の膜ひとつへだてた深川の暗い長屋の一郭に住む

「近頃はやっぱりあなたは幸福におくらしか。」　小鳥

ダリアダリアダリアダリアは誰のものならず泣いている人あらばわたくし

おもひでをつくりつくりてかなしみの果に消へなむいのちかつひに　恭吉

しんみりと霧ふる朝を深川の　病気しているような煙は

生くといふわがよろこびは窓玻璃の小さき羽虫のふるへにぞ似る　小鳥

日は空に白い涙を滲ませて沈んでいった川のはたてを

羽ばたきはしばしがほどのゆめのかげ光りて消ぬる小鳥よあはれ　恭吉

香山小鳥は血を滲ませた肺を抱き翔んでゆきにき深川の空

大正二年六月二十日、香山小鳥死去二十二歳

霧の彼方へ渦巻きやがて消えてゆく紅《くれない》さむきトルコ帽はや

Ⅲ

北豊島郡此処は巣鴨村池袋　木立の葉末を洩れる日のある

母も兄も、同室人佐野も、画友小鳥もみな肺病で早世した

「エーテルの匂い」などない木に凭りて泣いているひと痩せたそのひと

病んだ日をうけてましろの冬の野の　どうしようもない朝のスケッチ

すすき野を飛ぶ黒い鳥　渺々と吹く風あらば病めるゆうぐれ

渦巻いてのぼりゆくものもうもうと烟のようにたちこめるもの

唇はダリア耳たぶふくら脛ましろく咲けるまどいの花か

大正二年十月、代々木駅頭で喀血

肺病ハ前進スナワチ一歩死ニ近ヅクコトノアイウエオセヨ

アパートの階段軋ませ粛々と死の宣告人がやってくる

憂悶に身を顫わせて悩ましく生血のような夕陽浴びつつ

炎々ともゆるあめつち病むこの身ひとつになりて果てなむここち　恭吉

死にふるえ脅かされつうち沈む滅びゆくべし　火群立ちせよ

下谷風煙録　五

啄木の歌

短命のこの身のために降りしきる真っ赤な雨や血の　曼珠沙華

I

シリーズ紙礫『浅草』（皓星社）解説を引き受ける

ナイアガラの滝は溢れて洪水の　人生はまたキネオラマなるか

明治四十一年八月、啄木初めて浅草に遊ぶ

蓋《けだ》し此は地上の仙境、伏魔殿「塔下苑」とぞ名付けて帰る

幾たびとなく死を思い果たせざる「浅草行」の紅い燈灯れ

暖かく柔らかくまた真っ白な体あらぬか路地吹く風よ
噎《む》せ返る肉の臭いと囀《さえず》るは破れかぶれのあわれ啄木鳥《きつつき》

身も心も蕩けるような快楽をギザ一枚で満たすというか

女たちの惨状の中、書き殴る自暴自棄なる心情の歌

釧路の芸者小奴に似てあられもない女と会わば致し方なし

現実を忌避するためかいや違う倒錯をして虐げるため

いくらかの金のあるとき淫らなる声を求めてさ迷いにけり

蕩けるように嘲笑《あざわら》うように書いてやる千束放浪さすらいの歌

II

歌集『TAKUBOKU』中断して久しい

自虐と加虐の間《あわい》ゆがんだ微笑《ほほえみ》を浮かべて歩く男となれり

絶望的焦燥感の果てなるか歪みて笑う啄木の歌

まとまった金が入れば法外な洋書に化けて首縊りたき

父母《ちちはは》も妻娘さえ北海の流浪の果てに置き捨てて来し

遊蕩に束の間の夢結びしか「ローマ字日記」の伏字やあわれ

Ⅲ

こころに葉末があるわけはなく信州の車窓にけむる木々をみていた

明治四十三年九月夜半、若山牧水信越線小諸駅下車

八ヶ岳霧ヶ峰の山麓や　姥捨山をめぐり来《きた》れる

何となく顔がさもしき邦人《くにびと》の首府の大空を秋の風吹く　啄木

啄木が「九月の夜の不平」書きしころ信州小諸の駅に降り立つ

秋かぜの信濃に居りてあを海の鷗をおもふ寂しきかなや　牧水

信州の黒い瓦の屋根に降るひかりのように溶けてまた降る

訪ね来し女は抱かず帰しやる霧中　走りゆけ火の人力車

流れゆく雲よ　小諸よ、人の世よけちな野郎でござんすよ俺は
吾亦紅女郎花とぞ秋は過ぎ遠ざかりゆく憶い出のある

Ⅳ

父一禎は再び家出　死の床に就く啄木と血を吐く妻と

明治四十五年四月、牧水、小石川久堅町の借家に啄木を見舞う

すでに瀕死の身でありながら柞葉《ははそば》の母を弔う死の家に伏し

丁度その側に石川君の標札が懸かってゐた　（「石川啄木君と僕」）

救援を求める必死の魂魄かどてら羽織って俯いていた

死ぬのではない殺されるのだ衰えた瞼の奥を瞬《しばたた》かせつつ

四月十三日牧水、啄木の臨終に立ち合う
大塚辻町畳職人下宿屋に啄木危篤の急報は来る

解熱剤「ピラミドン」の真新しい函よ涙の流れて歪む

土岐哀果の尽力による枕辺の「悲しき玩具」の稿料なるか

枯木よりも痩せ衰えていまははや「枯木の枝」となりて候

金田一京助ははやたまりかね出勤のため立ち去り行けり

肺病の妻に看取られゆくなるか花散り急ぐ四月の空よ

まさしく九時三十分であった　（「石川啄木の臨終」）

花びらを無心に集めて遊ぶ子に四月十三日の花は降りたり

小石川久堅町の軒先を風に吹かれて舞い落ちにけり

夜の白むのを待ちかねていた哭きたければ風よ戦ぎて花吹雪《はなふぶ》かせよ

哀愁よ静かに裹《つつ》め死すまでを戦いぬきし友の頭《こうべ》を

何も彼も私一人で片附けてしまつた　（「石川啄木の臨終」）

牧水はいたたまれずに春の日の汗ばむ町に躍り出でたり

危篤の報打ちしばかりを走り行く警察區役所葬儀社いずこ

いまにも狂いだしたいような晴天の　桜の花の雲下走れり

汗と涙が目に沁みいって電柱が突き当たるように走り過ぎゆく

V

霧のように纏わりついて消えがたくありけるをまた眸を閉ざす

「石川啄木の臨終」を切々と読む

人生への態度はあまりに敬虔で光の雨となりて身に降る

「火のような執着無限の絶望」とその一生を嘆じてあわれ

寸毫《すんごう》も自己を忘れることを得ず一握の砂手より零れず

茶化そうとも戯けられない実像の血を吐くように歌うたいけり

肺を病むゆえに身うちの絶望を真っ赤に染めて喀《は》き散らしやる

歴史的現実根ざして書きたるを一握の砂となりて落ちゆく

自分の心をじいつと眺めてゐる冷たい傍観者の歌である　（「石川啄木の臨終」）

もうひとりの私が私のなすことを冷めた目をして傍観してた

歌をば静かに繰返し〳〵口のうちで誦してほしい　（「石川啄木の臨終」）

傷ましいそのたましいの涕泣のかそかに滲みる音にしあるか

大鉄傘の歌

大鉄傘《だいてっさん》に架かれる虹のかけ橋を渉りてゆきし男らの歌

I

パンチングボールを叩く音ならずトタンの屋根を疾駆す雨か

病室で父は拳闘の話をした

沛然と雨降る野外音楽堂リングはありき父の瞼に

日本拳闘倶楽部創設チャルメラのワンタン食えば涙溢れき

裸電球灯るアパート壁に向きおのれの影にジャブを放たば

白衣の傷痍兵「槍の笹崎」迎え撃つピストン堀口　拳闘の歌

血染めの槍を高く翳《かざ》さば莫逆の　突進をせよ暴走列車

瞼に煙る拳聖ピストン堀口のラッシュの雨よ　病窓も雨

ジェントルマン・ゲン帰国す両国国技館　大鉄傘や開戦前夜

ディック・ミネ「ダイナ」流れてありしかな敵性文化なれど愛しき

肋骨を剔出《てきしゅつ》されて喘ぐゆえ鉄拳制裁わが父知らず

出陣学徒壮行試合早慶戦　戸塚球場風吹きやまぬ

三編みの少女うつむき佇ちしかなあわれやあわれ路地に風吹く

関東大震災時、父は十三歳だった

浅草田圃の畦道なれば曲がりくねり十二階下ラビランスはや

大震災の後に来るもの大空襲、烏有先生佇んでいた

ボクシング評論家郡司信夫を父は尊敬していた

郡司信夫わが家訪ねて来しことをただに嬉しく告げてやるかも

郡司信夫も中原中也もわが父も大逆事件の候《ころ》に生れき

戦争の時代に生れ二度までも巣居《そうきょ》を焼かれ着た切り雀

父の世代の青春なれば大鉄傘ピストン堀口　霧のリングよ

II

浅草に連れて行ってくれたのは父だった

支那ソバに浮いたチャーシュー浅草を　幼年の風吹き過ぎてゆく

瓢箪池の屋台灯りていたりけり風に白衣の　傷痍軍人

風に吹かれるみどりの楊柳　どこまでも屋台は軒を連ねてありぬ

空襲で傷痍を負った楊柳でありけるをあおく揺れやまずおり
暗い水面《みなも》に漂っている浮かんでる七十年前のあわい記憶は

シュークリームを初めて食べた日の記憶　坊主頭にあわれ淡雪

Ⅲ

佐瀬稔と握手を交わし別れしは大鉄傘に風とよむ午後

螺旋状に吹きくる風のありしかば身を反り出して受け止めてやる

淋しくばみな分けてやる呉れてやる春ろうろうと闌けてゆくべし

父の享年をはるかに越えて酔っ払い放埒つらい朝さえもある

父の享年超えて三年五ヶ月の　冥府で会わばどの面《つら》さらす

一万試合は観てきた俺の眼窩からある日歪みて消えゆくリング

ジムの鏡に映るこの俺老いらくの　殴ってやろう死ぬのはまだか

跋

二〇一六年冬から二〇一七年夏までの作品から、三百十余首を選び「下谷風煙録」と名付けた。本歌集は、昨秋刊行の『哀悼』に次ぐ第三十歌集である。第三十冊はこの間の指標であった。ならばこの間のことを少しく書き記しておこう。

第一歌集『バリケード・一九六六年二月』が刊行されたのは一九六九年秋。時代は激しく胎動していた。せめてロマンのあるうちに、そんな思いに駆られての刊行であった。以来四十八年……生まれ育った東京下谷を離れ、愛鷹山麓の小村柳沢（静岡県沼津市）に赴任したのは一九七〇年晩秋。草を刈り落葉を集める墓守人の日々が始まったのだ。三島由紀夫の壮烈な最期に、死者や失踪者が続出してゆく七〇年代という時代を思った。囲炉裏に火を熾し、銚釐《ちろり》に酒を注ぐ。裏山から吹き下ろしてくる風は、女の悲鳴のようにかなしかった。ひとり酒を酌みながら、来し方を想った。想うことは、歌に繋がっていった。

一九七二年十月、第二歌集『エチカ・一九六九年以降』を刊行。「かつて反體制のバリケードに佇ち、怒りを噛みしめつつ、しかも嚠喨と青春の歌聲を響かせた好漢福島泰樹が、ある日翻然と魂の田園に還って草庵を結びかつは壮年への首途を決意するまでの歌篇である。この爽やかな涙と苦い哄笑に満ちた若者の倫理学《エチカ》にわれわれは何と應へるべきであろうか」の、塚本邦雄「純血のETHICA!」なる帯文が、いまになってしみじみと心に沁みる。

この年、「七〇年代挽歌宣言」を発した私は、その翌々年、第三歌集『晩秋挽歌』を刊行。「われわれ」が「われ」と「われ」とに引き裂かれた時代への聯結の想いを、辛くも挽歌をなすことで繋ぎ止めようとしていたのかもしれない。「野枝さんよ虐殺エロス脚細く光りて冬の螺旋階段」「愛と死のアンビヴァレンツ落下する花　恥じらいのヘルメット脱ぐ」「くやしみの桜散りつつ血煙《ちけぶり》を描きし眼《まなこ》ふたたび閉じよ」「一期は夢なれどくるわずおりしかば花吹雪せよ　日暮まで飲む」などの歌が、口を震わす。

一九七六年、第四歌集『転調哀傷歌』、村上一郎に献じた第五歌集『風に献ず』の二冊を同時に刊行。中原中也の人と作品を「短歌に〈変奏〉」（磯田光一）した「中也断唱」を書き始めたのもこの年であった。「現代歌人文庫」を企画立案。秋、国文社嘱託として編纂に着手、にわかに身辺が忙しくなった。

一九七七年六月の早暁、篠突く雨の中、生まれ育った東京下谷へ舞い戻ったのである。夕刻、餞別をもってやってくる村の人々に私は、顔を上げることさえできず、滂沱の雨を床に滴らせていた。下谷に舞い戻ってすでに四十年……。とまれ、本歌集作品作成期間のこの二年間のことを書き記しておこう。

早大学費学館闘争五十周年を記念して短歌絶叫コンサート「遙かなる朋へ」を開催(吉祥寺「曼荼羅」)したのは、昨年二月。松村重紘、千賀ゆう子、友部保子ら同期生に加え、伊藤一彦、桶本欣吾、小坂国継ら同窓生が駆け付けてくれた。闘いの中、束の間体験した「連帯」に思いを寄せながらの三日間であった。そうだとも歌とは、呼びかけの謂なのである。

五月、「現代短歌」真野少氏より、「うたで描くエポック 大正行進曲」なる三十首連載の依頼を受けた。父の生年に発生した大逆事件から、関東大震災に雪崩れてゆく大正という時代がにわかにうねり、激しく動き出したのだ。文人、画人、無政府主義者、幾多の階層の男や女が濃密なイメージを播き散らかし、立ち去ってゆく。以来、連載十七回。この間、本歌集収録作品と合わせ、八百数十首をなしたことになる。七十を過ぎてようやく多作の時を迎えたのかも知れない。

七月、永六輔氏死去。あの渋谷ジァン・ジァンの袖から私のステージを観、歌手デビューを勧めてくれた。永さんのラジオ番組で下谷の町を歩いたことなどが懐かしい。九月、新発田市で大杉栄を講演。十月、早稲田短歌の同期黒田和美に献じた歌集『哀悼』を刊行。十二月、津軽の絵師鈴木秀次の訃報が舞い込む。西井一夫、渡辺英綱、バトルホーク風間、小笠原賢二、立松和平、清水昶、三嶋典東……。今世紀の幕が上がった途端、みなバタバタと逝ってしまった。クロニクル編集者、スナック店主、ボクサー、評論家、作家、詩人、画家……、ある時代を共に生き、共に熱した掛替えのない酒友たちであった。

そして、この春、飯田義一が逝った。早稲田短歌会へ私を誘ったのは飯田だった。やがて事件を起こし、君は中退。以来五十数年、会うことは希であったが親友であり続けた。友を喪って思った。友とは記憶の共有者であり、友の死とは、友の中に在る私の記憶の完全抹消、私の死に他ならない。昨秋、クラスメートの大上昌昭と三人、横浜黄金町で会い最期の酒盃を交わした。一九六二年六甲学院出身、十八歳春風駘蕩の君が居た。

焼跡が私の中で鮮烈に蘇っていったのは、被災直後の陸前浜街道を走り、町や村を襲った津波の惨状を目の当たりにした時であった。空地に積まれた水浸しの瓦礫の山に、幼年時代の風景が広がっていったのである。焼跡の記憶は、幼い母が体験した関東大震災を呼び出し、彼ら被災者の朝鮮人虐殺という暗い記憶を炙り出し、父出生の明治四十三年大逆事件に遡り、石川啄木に至るのである。東北地方大震災以後六年を私は、『血と雨の歌』（二〇一一年）、『焼跡ノ歌』（二〇一三年）、『空襲ノ歌』（二〇一五年）、『哀悼』（二〇一六年）、そして本歌集『下谷風煙録』と五冊の歌集を刊行してきた。死者は死んではいない。死者たちが紡いできた記憶と夢の再生！　歌がそれを可能にするのだ。

一夜、下谷は根岸在住の間村俊一氏を囲み皓星社晴山生菜氏と三人、装幀の打合せをした。氏が目にとめたのは、はからずも母が生まれ育った浅草吾妻橋周辺の一葉であった。「風煙録」一巻を閉じるにあたり、皓星社社長藤巻修一氏、晴山編集長に甚深の謝意を表します。有難うございました。

歳月の彼方にいまも燃えている曼珠沙華よりあかく切なく

二〇一七年九月三十日早暁

下谷無聊庵にて　　　福島泰樹

初出一覧

「短歌」　二〇一六年一月
「月光」（四十五号）　二〇一六年一月
「短歌研究」　二〇一六年四月
「月光」（四十七号）　二〇一六年五月
「現代短歌」　二〇一六年五月
「短歌」　二〇一六年六月
「歌壇」　二〇一六年六月
「月光」（四十九号）　二〇一六年十月
「短歌」　二〇一七年一月
「短歌」　二〇一七年三月
「月光」（五十一号）　二〇一七年六月
「短歌」　二〇一七年八月
「月光」（五十二号）　二〇一七年九月
「現代短歌」　二〇一七年十月

福島泰樹　歌集一覧

歌集

『バリケード・一九六六年二月』	一九六九年十月	新星書房
『エチカ・一九六九年以降』	一九七二年十月	構造社
『晩秋挽歌』	一九七四年十一月	茱萸叢書　草風社
『転調哀傷歌』	一九七六年四月	国文社
『風に献ず』	一九七六年七月	国文社
『退嬰的恋歌に寄せて』	一九七八年三月	沖積舎
『夕暮』	一九八一年九月	砂子屋書房
『中也断唱』	一九八三年十二月	思潮社
『望郷』	一九八四年六月	思潮社
『月光』	一九八四年十一月	雁書館
『妖精伝』	一九八六年七月	砂子屋書房
『続　中也断唱［坊や］』	一九八六年十月	思潮社
『柘榴盃の歌』	一九八八年十一月	思潮社
『蒼天　美空ひばり』	一九八九年十月	デンバー・プランニング
『無頼の墓』	一九八九年十一月	筑摩書房
『さらばわが友』	一九九〇年十二月	思潮社
『愛しき山河よ』	一九九四年三月	山と渓谷社
『黒時雨の歌』	一九九五年二月	洋々社
『賢治幻想』	一九九六年十一月	洋々社
『茫漠山日誌』	一九九九年六月	洋々社
『朔太郎、感傷』	二〇〇〇年六月	河出書房新社

『デカダン村山槐多』	二〇〇二年十一月	鳥影社
『月光忘語録』	二〇〇四年十二月	砂子屋書房
『青天』	二〇〇五年十一月	思潮社
『無聊庵日誌』	二〇〇八年十一月	角川書店
『血と雨の歌』	二〇一一年十二月	思潮社
『焼跡ノ歌』	二〇一三年十一月	砂子屋書房
『空襲ノ歌』	二〇一五年十二月	砂子屋書房
『哀悼』	二〇一六年十月	皓星社
『下谷風煙録』	二〇一七年十月	皓星社

全歌集

『遙かなる朋へ』	一九七九年五月	沖積舎
『福島泰樹全歌集』	一九九九年六月	河出書房新社

選歌集

現代歌人文庫『福島泰樹歌集』	一九八〇年六月	国文社
現代歌人文庫『続　福島泰樹歌集』	二〇〇〇年十月	国文社

定本・完本歌集

『定本　バリケード・一九六六年二月』	一九七八年十一月	草風社
『定本　中也断唱』	二〇一〇年二月	思潮社

アンソロジー

『絶叫、福島泰樹總集篇』	一九九一年二月	阿部出版

福島泰樹

1943 年 3 月、東京市下谷區に最後の東京市民として生まれる。早稲田大学文学部卒。1969 年秋、歌集『バリケード・一九六六年二月』でデビュー、「短歌絶叫コンサート」を創出、朗読ブームの火付け役を果たす。以後、世界の各地で朗読。全国 1500 ステージをこなす。単行歌集 30 冊の他、『福島泰樹歌集』（国文社）、『福島泰樹全歌集』（河出書房新社）、『定本　中也断唱』（思潮社）、評論集『追憶の風景』（晶文社）、『日蓮紀行』（大法輪閣）、DVD『福島泰樹短歌絶叫コンサート総集編 遙かなる友へ』（クエスト）、CD『短歌絶叫遙かなる朋へ』（人間社）など著作多数。毎月 10 日、東京吉祥寺「曼荼羅」での月例短歌絶叫コンサートも 32 年目を迎えた。

下谷風煙録

2017 年 10 月 30 日　初版発行

著　者　福島泰樹
発行所　株式会社 **皓星社**
発行者　藤巻修一
編　集　晴山生菜
組　版　藤巻亮一

〒 101-0051　東京都千代田区神田神保町 3-10
宝栄ビル 6 階
電話：03-6272-9330　FAX：03-6272-9921
URL http://www.libro-koseisha.co.jp/
E-mail：info@libro-koseisha.co.jp
郵便振替　00130-6-24639

印刷・製本　精文堂印刷株式会社

ISBN978-4-7744-0642-8 C0092